Comme toi!

Pour deux petites filles qui voulaient être jumelles

L'auteure souhaite remercier le Conseil des arts et des lettres du Québec pour son soutien financier.

Édition publiée par les Éditions Scholastic, 604, rue King Ouest, Toronto (Ontario) M5V 1E1, avec la permission de Kids Can Press Ltd.

5 4 3 2 1   Imprimé en Chine   09 10 11 12 13

Les illustrations de ce livre ont été faites selon la technique mixte. Le texte est composé avec les polices de caractères Futura Light et Kidprint.

Conception graphique : Karen Powers

Catalogage avant publication de Bibliothèque et Archives Canada

Côté, Geneviève, 1964-
[Me and you. Français]
Comme toi! / texte et illustrations de Geneviève Côté.

Traduction de: Me and you.
Pour les 2-6 ans.

ISBN 978-0-545-98183-5

I. Titre.

PS8605.O8738M4314 2009   jC813'.6   C2009-900718-5

Comme toi!

Geneviève Côté

Éditions
■SCHOLASTIC

Je voudrais être comme toi.

Je voudrais être comme toi.

Je serais rose partout.

Je choisirais le blanc le plus doux.

Un zeste de citron serait ma queue
en tire-bouchon.

Cette barbe à papa serait parfaite pour moi.

Mes oreilles seraient plus courtes.

Mes oreilles seraient très souples.

J'aurais le bout du nez tout rond!

J'aurais les pieds vraiment longs!

Je n'aurais peur de rien!

J'aurais un charme aérien!

Que tu es drôle!

Que tu es drôle!

Tu me ressembles!

Tu me ressembles!

Mais j'aime mieux quand tu es toi.

Et moi, j'aime mieux quand tu es toi!

Je suis moi et tu es toi...

c'est pour ça qu'on s'aime,
toi et moi!